KB185005

아침은 어떤 평화 속에

시작시인선 0520 아침은 어떤 평화 속에

1판 1쇄 펴낸날 2024년 12월 16일
지은이 안태현
펴낸이 이재무
기획위원 김춘식, 유성호, 이형권, 임지연, 차성환, 홍용희
책임편집 박예솔
편집디자인 민성돈, 김지웅, 정영아
펴낸곳 (주)천년의시작
등록번호 제301-2012-033호
등록일자 2006년 1월 10일
주소 (03132) 서울시 종로구 삼일대로32길 36 운현신화타워 502호
전화 02-723-8668
팩스 02-723-8630
블로그 blog.naver.com/poemsijak
이메일 poemsijak@hanmail.net

ⓒ안태현, 2024, printed in Seoul, Korea

ISBN 978-89-6021-794-2 04810
　　　978-89-6021-069-1 04810(세트)

값 11,000원

*이 책 내용의 전부 또는 일부를 재사용하려면 반드시 저작권자와 (주)천년의시작 양측
　의 동의를 받아야 합니다.
*잘못된 책은 바꾸어 드립니다.
*지은이와 협의하에 인지는 생략합니다.

아침은 어떤 평화 속에

안태현

천년의시작

짧은 사이에
여느 때와 다른 처지가 되었다.

어머니를 여의고
큰 슬픔이란 말도 알게 되었다.

시는 멀고
나는 고작 생활에 머물다 보니
그런 것들이
심상을 지배하게 되었다.

낯이 뜨겁다.

2024년 그해 겨울
안태현

차 례

시인의 말

제2부 나는 몇 개의 슬픈 코가 필요한가

제3부 꽃들이 한바탕 오고 가듯

제1부 가장 낮은 바닥에 무릎을 세운다

-

아침은 어떤 평화 속에

비파나무 한 그루와 이름 모를 붉은 꽃과 동박새를 보고
온 날의 맑음을 책갈피에 꽂는다

바당*이며 드르팟**에서 아직도 뛰놀고 있을 어린 넋들도
돌담에 내려앉는 햇살에 어리신다

굴밭에 노니는 하얀 나비 두 마리가 허공에 그리는 곡선
이 자취도 없이 파란 하늘에 스며든다

빈집이 있는 마을에도 새집은 들어서고 오늘은 승객 하나
없는 시내버스가 음악 속에 있다

누군가 흰밥 속에서 불러 밥상 앞에 앉으니 나 몰래 나를
사랑한 아침이 사이좋은 부부처럼 마주 앉는다

* 바당: 바다의 제주 방언.
** 드르팟: 들밭의 제주 방언.

봄날

육십 년도 더 되었다는
외지의 구닥다리 이발소에서
이발하던 날

수전증이 있는 생면부지의 늙은 이발사가 혁대에 쓱쓱 날
을 세운 면도칼을
내 목과 턱에 대고
듬성듬성한 수염을 미는 동안

가랑잎
그래, 너 같은 숨을 쉬며
자라 목보다 더 움츠러들었는데

그래도 아직은 내 목숨을 맡겨도 될 만한 사람들이 이 땅
에 많이 남아 있다는 가벼운 안도감에

괄약근이 헤프게 풀린 봄날을 안고 걸었다

정수리에 꽂히듯
봄 꿩이 우는 환한 길이었다

건천

감춘 것 하나 없이
돌의 뿌리까지 죄다 드러냈다
바다로 흘러가던 기억마저
북어처럼 바짝 말랐다
가까스로 만났다 금방 헤어지는
비를 기다리는 일 말고는
달리 방도가 없겠지만
마르고 마른 것이 이토록 서늘하다
갈증은 끝없이 깊어지고
눈썹은 길어진다
작은딸이 애지중지하던 고양이가
고양이별로 돌아갔다는
기별을 들었는데
마음이 시리도록 바라봐 주는
이 오래된 바닥을
몇십 년 만의 가뭄이라고들 한다

파종

봄 가뭄이 든 며칠째
허섭스레기를 실은 유모차를 밀고 와서
아스팔트 갓길에 팥을 심고 있는
어딘가 불편한 듯한 노파를 보았다
한쪽 다리는 접고
다른 한쪽 다리는
괘종시계 큰 바늘처럼 길게 뻗은 채
땅바닥에 주저앉아서
세한도 같은
기다란 두루마기 그림을
정성스럽게 풀어 가는 듯이 보였다
구부정하고 쓸쓸한 호미가
내가 사는 이 외로운 별의 끄트머리에
마마 자국 같은 구덩이를 파고
두세 알씩
빨간 숨결을 심어 두고 있었다
이렇게라도 해야지 살아지는 것으로
살아 있으니 마땅히 해야 하는 일인 것으로
아침부터 몸을 놀리고 있었다
끝없이 삶을 이어 가려는

땅 같은 몸이었다

머지않아 땅속으로 들어갈 몸이었다

제비와 나

여러 날 생각 끝에
애월에서 한 달 더 살아 볼 요량으로
처마에 제비 집이 있는 황토방을 얻었다

제비와 나
한 철 머물다 떠날 동지
우연한 인연처럼 짧은 만남을 가져 봄 직도 하다

거미줄에 걸려 꼼짝달싹도 못 하던
제비를 살려 주었던 어릴 적 내 고운 손으로
아침 인사를 하고
오후 내내 볕이 드는 서쪽 창에서
있는 듯 없는 듯 지나가는 내 그림자를 본다

자기와 대판 싸움이나 한번 해 보려고
이 세상에 오는 이 있을까

후회스러운 일들을 묻어 두고 사는 것은 아니나
넝쿨 같은 기억들이
창공으로 뻗어 나가는 걸 보고 있으면

내게 대들지 않고 지낸 날들이 잘했구나 싶어진다

제비들이 살아 내느라 바쁜 저 소리
어떻게든 잘 살아야 한다는 말보다
더 은근하고 내밀하게
그늘을 쓸어 내는 저 양지바른 노랫소리

어제도 오늘도 제비와 나 다정하다

오름에 오르면

권좌에 오르면
아랫것들 하찮은 미물 같아 보여
모든 걸 다 가진 것처럼 우쭐대는 것이
사람의 일이지만
사방이 바다를 향해 시원하게 열린
태곳적 오름에 오르면
퍼즐 조각처럼 펼쳐진 들과 밭들이
식구들 함께 누운 요같이 푸근하게 보인다
세찬 바람을 등지고
허리를 세워 가만히 앉아 있으면
평등한 세상인데도 늘 손해 보고 사는 것 같은
남루한 정신도 더 잘 보인다
한때 뜨거움이 솟구쳤던
분화구 한 바퀴를 자분자분 돌아오면
가파르게 오고 간 상한 마음에
태어나는 별 하나
우주의 온음표가 거기에 있어
미물인 채 아픈 세상으로 돌아가는 일도
다시 예전으로 돌아가서
지지고 볶고 해야 하는 그간의 사정도

가뭇가뭇하게 저문다
시원으로부터 홀연히 달려온
빛 한 줄기가 당신의 이마에 닿는다

내 발자국 속 피아노

걷다가 돌아보니
해변의 모래밭에 찍힌 내 발자국이
팔자걸음이다
한량의 도포 자락처럼
길게 끌려서 뒤꿈치가 흐릿하다

은퇴하고 나서
이제 노는 맛을 알아 가는 중이지만
후유증이란 게 있다
감정의 파도는 헤프게 오고
생각의 근육이 점점 줄어들고 있다

아직은 제철이야
누구라도 붙잡고 우기고 싶은데
어떤 손가락으로 만져 보아도
한물간 것을
부득이하게 인정하지 않을 수 없다

나다워서 좋은 일도 있었고
나답지 않아서 나쁜 일도 있었지만

저녁의 연한 살들이

소금을 뿌려 놓은 듯 쓰리다

내 발자국 속

피아노의 음계가 한참이나 낯설다

5454일째

강정을 지나다가
자동차들이 돌진하는 갓길 천막에서
미사를 드리고 있는
신부님과 몇 분의 신도들을 보았다
계절이 수십 번 오고 가는 동안
스스로 무거운 짐을 지고 있었다
붉은 머리띠를 동여매고
아찔한 타워크레인에 오르는 일도
오체투지 순례도
삭발 단식도
삶을 넘어선 것처럼 보일 때가 있다
그런 것들이 화들짝 다가와
싸리나무 회초리를 드는 때가 있다
그때마다 문득 다시 깨어나는 기분인데
목이 메도록 봄이 오는 그곳에서
나는 허리를 굽혀
떠돌고 있는 바다의 넋을 바라봐야 했다
사라져 가는 것을 마지막까지 지켜 내고자 하는
그들의 신념이란
구럼비 바위처럼 단단하고 거대한 것

도저히 묵과할 수 없는

아, 저 씨간장 같은

5454일째

지금은 이것이 전부다

너와 오래 사랑하고 싶어서
죽은 꽃들을 뽑아내고
씨앗을 다시 뿌리며
화단가에 검은 돌 몇 개를 쌓는다

모처럼 순해진 마음이
지난 시절의 골목을 기웃거릴 때면
나를 비춘 거울이
사실은 하나가 아니었다는 생각이 든다

네가 오기로 한 때에 맞춰
이불을 내어 말리고
자전거를 타고 가서 사기그릇 몇 벌과
수건 몇 장을 더 사 온다

망망한 바다를 건너서
네가 결국에는 안 올지도 모르고
온다고 해도
환한 미소를 보여 줄지 모르지만

>

이 봄 나는

섬에서 다시 태어난 사람처럼

늦은 저녁을 준비한다

가장 낮은 바닥에 무릎을 세운다

감자꽃
—섯알오름

무슨 꽃이 이토록 눈매가 서늘한가

송악을 건너온 바람은
이 하얀 꽃들을
여태 영문조차 모르고 있는
섯알오름 영혼들에게 데려갈 것이니

지워진 지문처럼
누대의 눈물이 잠긴 듯하여
굵어지는 감자 한 알에도 내 몸이 뜨겁다

집으로 돌아가면 또 나는
차갑게 식은 돌이 되어
이 우묵한 곳의 가슴앓이를 잊겠지만

모가지가 뚝뚝 꺾인 꽃들은
어김없이 다시 돌아오겠지만

큰 귀를 가진 사내가 되어
검정 고무신을 내던진 맨발의 영혼들이

쩌렁쩌렁하게
올레에 들어서는 걸 기다려 봐야겠다

생각이 닿지 않는 깊이
그곳에서 울리는 메아리를 들어 봐야겠다

너머

봄엔 돌담이 있는 집을 지어야지

내 키에 딱 알맞은 가슴께
너머란 게 생기면
지나가는 사람들은 바다 내음이 되거나
빗방울이 되거나
귤밭을 한 바퀴 휘휘 돌아온 나비가 되겠지

나는 볕바른 마당에
간짓대를 세워 이불을 털어 말리고
고장 난 의자나 고치며
머리숱이 훤한 정수리를 보여 주는 거지

사람이 잊힌 자리거나
바람 속이거나
혼자만 아는 희미한 일들 속에 내가 있겠지만

소문들이 주먹만큼씩 드나드는
구멍 숭숭 뚫린 돌담 곁에
또랑또랑한 멀구슬나무 한 그루 심어 두고

그리움 같은 꽃이나 피워 내야지

안과 밖이
서로 다투지 않게 조금은 외면하면서
당신도 모른 척하며 살아야지

무밭을 지나며

무 수확 철인가 싶었는데
버스에서 쏟아진 한 무리의 인부들이
삽시간에 휩쓸고 지나간 자리
흡사 전쟁터다

크기가 맞지 않아서
상품성이 적다는 이유 하나만으로
멀쩡한 무들이 팽개쳐진 것을 보고 있자니
사람이 참 단호하다는 생각이 든다
어쩌면 자본주의의 입맛 속에
까칠한 짐승들이
살고 있는 게 아닌가 하는 생각이 든다

남들에게 미치지 못하는 것만 같아
내다 버린 내 출생의 내력처럼
단단히 뉘우치며
고이 받아들이는 일도 있었으면 싶은데

생무를 먹고
가슴을 쓸어내리던 어느 겨울날 밤처럼

매서운 보습이
저들을 갈아엎으며 지나갈 것이다

다랑쉬굴*의 비가悲歌

 검은 바위틈으로 사흘 만에 햇살이 들었다 젖은 이불처럼 무거운 몸들이 앉은걸음으로 동굴 입구 쪽에 모여들었다 안쪽에 남은 그는 질항아리에 손을 넣어 열한 명분의 끼니를 헤아려 보았다 손가락 사이로 오랜 가뭄이 빠져나갔다 푸른 풀밭에 놓아먹인 얼마간의 마소를 몇 해 만에 곱절로 불리던 그의 손끝이 더는 영험한 것이 아니어서 숨이 마른 억새처럼 흔들렸다 하도리의 하늘 종달리의 바다가 더러 동굴 밖에 찾아오는가 싶어 싸락눈이 오는 소리에도 귀를 바짝 세우다 보면 시간의 가지 끝에서 일생의 기척으로 작은 새가 울었다 그런 날이면 그는 수태한 마소의 배와 등을 따뜻하게 어루만지던 손으로 자갈을 움켜쥐고 동굴 벽에 마을로 가는 지워진 길을 그렸다 급한 마음을 억누르기 위해 잣담 몇 개도 그려 넣었다 시작도 끝도 없이 기다리는 습생의 나날이었다 누구도 하루의 맺음을 말하지 않았지만 동굴의 어둠은 아파하려고 피는 동백처럼 한사코 피었다가 졌다 막사발 얕은 물빛에 어룽대는 남자 여섯, 여자 셋, 아이 하나의 그림자도 피었다가 졌다 그날의 공기는 겨울 철새의 날갯짓처럼 쇠잔했고 불티 하나가 꺼지지 않은 채 동굴 밖으로 빠져나가는 걸 가장 예민한 그도 보지 못했다 예감이었을까 그는 생시를 보듯 까마귀가 우는 들판을 피를 흘리며

달리는 꿈을 꾸었다 더운 속으로 부질없이 날짜를 짚어 보
았다 아버지 기일이 코앞이었다 순간, 바람에 실려 온 사향
인가 싶었는데 마을을 떠돌던 독한 피비린내가 풍겨 왔다
여기저기서 비명이 찢어졌다 환한 대낮의 기억들이 연기와
함께 밀봉되고 있었다

* 다랑쉬굴: 제주 4·3 유적지. 1948년 12월 18일 하도리, 종달리 주민
  11명이 피신해 살다가 굴이 발각되어 집단으로 희생당한 곳이다. 이
  날 군경과 합동 토벌대는 수류탄을 굴속에 던지며 나올 것을 종용했
  으나 나가도 죽을 것을 우려한 주민들은 이에 응하지 않았다. 이에
  토벌대는 굴 입구에 불을 피워 연기를 불어 넣고 굴 입구를 봉쇄했
  다. 굴속의 주민들은 연기에 질식되어 죽어 갔다.

서귀포 귤나무처럼

아침 산책을 하다가
큼지막한 하귤 두 개를 얻었네
텃밭에 고추 모종 지주를 세우던 그가
검은 고무망치를 내려 두고
성큼성큼 귤나무로 걸어가 따 온 것이네
낯선 여행자인 내가 던지고
그가 받아 섞은 말 몇 마디 어딘가에
그의 마음을 움직인 열쇠가 있음이 분명하네
엉겁결에 어진 마음 위에 다소곳이 앉아
그와 나 사이 빛처럼 오간
얕은 말들을 생각하네
마음이란 움직이는 성城이 아닌가
에누리 같은 말 몇 마디로
이방인인 내가 그의 성城안으로 들어가
극진한 대접을 받은 셈이네
눈과 눈이 따로 놀다가
어쩌다 서로 맞추고서야 말이 되고
말과 말이 만나서 마음이 되는 그 이치를
나는 아직도 잘 모르겠네
자객처럼 말들이 난무하는 세상이지만

열매를 내주고도 서글서글하게 웃고 있던

서귀포 귤나무처럼

말문을 좀 열고 살아도 되겠다 싶은

한라산 둘레길

저 끝
헐렁하게 한 바퀴 돌아오는
시간의 곳간

마음 부푼 그대여
당신은
노루 몇 마리 앞세우고 걷는 양
작은 발걸음이 가볍다

살림이라는 것이
고작
쪼잔하고 소소한 일로
때론 씨알도 안 먹히는 고집으로
상처 난 것들이 적잖은데

삼삼하다
살아온 날들을 겹치듯
걸음 속에 당신 그림자로 숨었다

>

푸른 것이 와서

더 푸른 것으로 물들어 간다

제2부 나는 몇 개의 슬픈 코가 필요한가

소무의도

사람 사는 집이나
빈집이나
모두 바다를 향해 창을 내고 있지만
문소리마저 늙어 삐걱거린다

여기서 쉬어 가는 청춘은 없겠구나 싶어 자갈 소리를 내
며 바닷가를 휘적휘적 걸어와 늦은 저녁을 청한다

노부부가 완두콩을 까던 평상 위에
낡은 목선처럼 돌아앉아
심부름을 온 듯

바다 건너 불빛들을 바라본다 어디로 가는지 모르지만 바
다가 유난히 어둡게 지고 있다
저쪽으로 밀어 둘 수도 없고
이쪽으로 당길 수도 없는
근친이 있다

압화

한 개의 창마다
꽃등이 선물처럼 켜지는 저녁이다

사람 붐비는 공원에서
풍을 맞은 여자가
무성 화면처럼 걸어가고 있다

꽃잎 한 장을 두고 오래 고심하듯
홀로 찍어 내는
압화

앞을 가로막는 것은 없으나
길은 첩첩산중

느려질 대로 느려진
그녀의 어둑한 시곗바늘 속에는
쉽게 그칠 것 같지 않은
악천후가 있고

젖은 꽃잎들은

서로를 포개 안고서

무너질 듯 무너질 듯
꼿꼿하게 일어서는 한 생이 된다

맨손체조

하루의 시작이
간밤에 뭉친 곳을 푸는 일이어서 좋고
그러면서 무언가 스스로 다짐하는 것 같아 좋다

솟아오르는 해를 바라보며
가지런하게 서는 것만으로도
가장 낮은 곳에 선 것처럼 경건해진다

생활이라는 게
부실함 같은 것을 은근슬쩍 끼워 넣는 것인데
맨손이 맨정신을 이끌며
내 몸의 행동반경을 확인하는 일이
중년의 의식 같다는 생각이 든다

정수리에서 발끝까지
신경이 보내는 생존의 모스 부호를 읽으며
마음은 가나 맨손이 가지 않는 곳
맨손은 가나 마음이 갑작스레 주저하는 곳에 이르면
더는 손님이 들지 않는
허술한 민박집 간판을 보는 것 같다

\>

한때 묵직한 뱃고동을 울려 대던 내 가슴팍에도
갈대 같은 바람이 살아
실수처럼 넘어지는 일도 있었거니
결국은 몸 하나 지키기 위해 여생을 사는 것이다

몸도 얽히고설킨 구조물 같아서
뼈대 몇 개 삐걱거리고 나면
마른 빵처럼 쉽게 부서져 내린다는 것

오늘도 헐한 내 정신의 바다를 건너가기 위해
마중물처럼 구령을 붙여 가며
하루의 지느러미를 바짝 세운다

냄새의 처소

작은 내 방에서
노인 냄새가 난다는 아내 말을 듣고는
어릴 적 외할머니 방 냄새를 떠올려 보는 것인데
도대체 둥지에 무슨 냄새가 사나
사시사철 눌어붙어 사는 냄새라도 있다던가

냄새라는 미묘한 거리
나도 모르게 점점 멀어지는 거리가
둘도 없는 아내와 나 사이에 있는 것만 같아
방향제를 사서 책장에 두고
슬쩍 노인의 실마리를 감추었다

모처럼 냄새의 주인이 된 나는
시들지 않는 라일락과 모란의 가짜 향기 속에서
나비처럼 날개를 접고 앉아
책을 읽고 영화를 보고 시를 쓴다

이제야 깨닫느니
나는 지하도 노숙자 곁을 어떻게 비켜 갔으며
하찮은 음식 앞에서

얼마나 경망스럽게 코를 틀어쥐었던가

대대로 물려받는
노인이라는 가난한 냄새의 처소
더는 막다른 곳으로 밀려가고 싶지 않은
마음의 견고함을 위해
나는 몇 개의 슬픈 코가 필요한가

풀물이 들 때쯤

겉잠에 취해
순해질 대로 순해진 당신을
요양원 침대에 눕혀 두고
당신과 나 사이 오고 간
붉거나 푸르던 일을 생각하네
밥숟갈을 누가 빼앗아 간 건진 몰라도
이젠 살을 파먹으며
느릿느릿 은하수를 건너가는 당신
풀물이 들도록
저무는 뒷동산 풀밭에 나란히 앉아
나쁜 내 아버지 욕이나
실컷 해 주었으면 싶은데
돌무더기가 쌓인 듯
간신히 한쪽 눈도 못 뜨는 당신
그 어두운 눈 그림자 속에
막걸리 한 잔
국수 한 그릇을 말아 놓았으니
나는 수굿이 엎드려 달게 먹네
당신 들으라고
일부러 후룩후룩 소리를 내며 먹네

마지막 생일

어머니는
면회실 침대에 누워
케이크에 꽂힌 촛불을 바라보고 있었다

백 년을
하나로 요약한 촛불이었다

고독한 하나였다

미동도 하지 않던 당신이
오늘이 내 생일이냐고 물어 올 때

식구들 밥상이나 차리려는 듯
뼈만 앙상한 손가락을 꼼지락거리는
익숙한 당신이 보였다

빗소리 듣는 동안

나이란 걸 아예 모르고
검버섯 피는 일에도 무심한 빗소리에
마른 마음과 젖은 마음이
마당가에 풀잎처럼 함께 나앉는다

마른 것이 나였는지
젖은 것이 당신이었는지 기억나지 않는다
반은 젖고 반은 젖지 않은 어깨를
살포시 기대 오던

슬픔이 어리던 날
빗소리를 머리까지 끌어다 덮거나
무릎을 꿇고 잘못을 빌었던 적도 있으니
빗소리는 나의 종교
기도가 내 몸을 떠날 때까지
스스럼없이 머무를 테지만
더 이상 간구하는 일은 없을 것이다

한때 돌처럼 단단하다고 믿었으나
무르기만 한 마음의 어귀마다

벼랑을 감추고 있는
빗소리 피었다 진다

굴레를 벗고

까마득한 날이 오긴 올까 싶었는데
마침내 그날이 와서
아이들을 처음 만났던 섬마을 풍금 소리를
다시 떠올려보는 밤이다

꼬박 마흔 해 동안
나름대로 대단한 일을 한 것 같으나
따지고 보면
내 파이를 어떻게 더 크게 키울까
더하거나 곱하는 일에 골몰했다

은근하고도 억척스럽게 굴던
그간의 굴레를 벗고
소소한 일도 없는 오늘 나는
족쇄를 풀어 주었는데도
말뚝의 반경을 벗어나지 못하는 코끼리처럼
일터의 기억 속을 배회하고 있다

아이들을 사랑으로 잘 가르치지 못한
양심의 가책 때문인지

바닷가 나무들이 바람에 일렁일 때면
내 무른 맨살에 밴
부끄러움이 고스란히 드러난다

모처럼 나에게 아주 가까이 있으나
오래된 벽시계를 떼어 낸 자리처럼 허전하다
마지막 출구라 생각했는데
울타리 하나 없는
빈 들판의 입구에 다시 서 있다

뿔을 달고서야

아내와 말다툼을 하고 나니
내 이마에 뿔이 불쑥 솟아 있다
나무 이파리만 한 세상에서
달팽이처럼 뿔을 적시는* 시인도 있는데
그 근처에도 못 가는 나는
거나하게 술 한잔 마신 염소처럼
마음의 헛간으로 내달려
꾹꾹 눌러둔 옛일을
닥치는 대로 들쑤시고 있다
앳된 사랑이 머물던 자리
그 자리마저 모질게 상처를 내고 싶어
먼지를 풀풀 일으키며
과거로 과거로만 달려가는 뿔 하나
후회를 하며 반성을 할 때마다
탈각을 한다지만
이렇게 뿔을 달고서야
차마 갈 수 있는 데는 어디도 없겠다
콧김을 훅훅 불어 대며
내가 나를 부정하듯

지나간 세월을 들이받을 수는 없겠다

＊ 이상국 시에서 빌림.

공원 관리인

나는 벤치에 앉아서
그가 풀을 다 깎고 난 잔디밭을
말끔하게 읽는다

며칠 후 다시 자란 풀을 깎을 테지만
나도 그렇게 되풀이를 한 적 있다

늘 풀과 나무 냄새에 젖어 사는 그는
사람을 옆에 두고도
나무 속에서 더 화사하게 빛난다

그의 팔뚝에는
눈길을 오래 끄는 실개천이 있고
헐렁한 바지 뒷주머니엔
나무들의 표정을 세심하게 주시하는
착한 눈빛이 살고 있다

어쩌면 공원이란
가벼운 걸음이나 땀 같은 것들이
섞이기 좋은 곳이라서

간혹 몰염치의 장소가 되기도 하는데

그의 책력에는
시시때때로 아프지 않게 제자리를 찾아가는
풀과 나무들이 그윽하다

어쩌다 붉은 것이 비쳐서

창으로 비쳐 오는 아침 하늘이 핏빛이다

다시 태어나면
테러리스트가 되고 싶다는
어떤 시인의 말도
밥 먹다 말고 저기에서 따온 것이리라

사람들은 코피 몇 방울 같은 건
아무렇지 않게 닦아 내며 열심히 사는 모양인데

무용담도 없는 나는
어느 해 소꿉 같은 세간살이에 기대 살면서
아침저녁으로 붉어지던
아내와 나의 꽃밭이나 생각하고 있다

피비린내가 나는 이종격투기와
순식간에 목숨을 삭제하는 액션 영화를 즐겨 보는 건
내 안에 피가 부족한 탓일 것이다

꽃봉오리 밀어낼 기운이 예전만 못하니

지심도 동백이나
불갑사 꽃무릇 구경이나 가야겠다고 마음을 먹는 건
이 마당에 자연스러운 것이겠는데

어쩌다 붉은 것이 비쳐서
식전에 고추 방아를 찧어 오던 젊은 엄마 얼굴이
꽃보다 먼저
성스럽게 다녀가는 아침이다

모과가 익어 가는 무렵

우물가 모과나무 한 그루가 만선이다

어느 바다를 지나왔을까
구름이 흐르고
사나운 비와 바람이 흔들고 갔으나
아무 일 없었다는 듯
얼굴빛이 환하다

꽃과 열매로 이어지는
흰 적막 너머의 세계
얼마나 많은 통음을 해 온 것인가
그윽한 취기가
지상의 저녁에 퍼지고 있다

알 수 없는 남은 생이
나의 전부라는 생각이 들 때
돌아오는 일과
돌아가는 일
내 의지와는 무관하다는 생각이 들 때

>
모과 한 알처럼
아슬한 곳에 내가 서 있는 것이다

제부도

물때란 게 있어
섬이 서랍처럼 열리고 닫힌다

물속에 길을 두고
아쉬움을 접어 되돌아가는 길
한 무리의 새가
눈부시게 건너오는 햇빛을 물고
공중으로 솟구친다

어느 곳에 나를 두고
어느 곳에서 나를 데려오는가
나는 새를 보고 있고
새 너머엔 가지 못한 섬이 있다

모였다가 흩어지고
흩어졌다가 다시 모이는 군무란
뜻밖에 일어난
시리고 추운 일이 아니다

내 손녀의 입학식도

지난겨울 다녀온 두 번의 장례식도

따지고 보면

다 열리고 닫히는 일 속에 있다

그들 중 하나

출근이라는 고삐에서 풀려나자
시간이 고금리 적금처럼 쌓여 간다

종일 눈발 치는 소리만 들리고
아침과 저녁이 닮아 간다
한 벌의 실내복을
내킬 때까지 벗지 않을 수 있다는 사실에
놀라고 상심한다

자동 가입된 시간은
내 마음대로 해지할 수 없는 상품이라는 걸
재바르게 눈치채고는
새벽같이 배낭 하나 메고 산에 오르던
그들 중 하나가 되기로 한다

엄동의 추위에도
지팡이 하나 들고 산에 오른다
산에 갔다 오면
최소한 정신은 맑아야 하는데
오히려 산에서 데려온 몇 겹의 생각에 묻혀

잠은 안 오고
나를 물끄러미 바라보게 되는

오늘이 어제와 같은 시간의 지층에 갇혀
점점 딱딱하게 굳어 가는
그들 중 하나

어려서부터 닮아 가는 법을 숱하게 배웠으되
그들 중 하나가 되지 않겠다는
내 삶의 전략이
끝내 적중하리라고는 믿지 않는다

일출

해가 뜬다
매일 해가 뜨는 걸 보면
누구에게나 공평하게
딱 한 번씩 하루가 오는 것이다
해맞이하러 갔다가
몇 번 소원을 빌어 본 적 있지만
왜 이제 알았을까
빌어서 되는 일이 없다는 걸
소년이 가고
청년이 가고
중년의 기슭에 이르러 추스르는 일이 잦다
남들은 어떻게 살든지 간에
내가 살고픈 세상은 따로 있다고 믿었으나
그 나물에 그 밥이다
화투 패를 맞추듯
일생의 궤를 맞추어 가며
고도가 낮아지는 가쁜 몸을 지켜보고 있다
날마다 새롭게 오는
하루의 힘으로
사람이 살고 사람이 죽는 것이다

제3부 꽃들이 한바탕 오고 가듯

봄봄

빙질을 고르듯
트랙터가 타원형의 트랙을 그리며
밭을 일구고 있다

땅이
땅속에서
오래 참았던 숨이 붉다

햇살이 튀는 오후
새참을 들고 빈 들판을 건너가는
맨발들

겨우내 길은 지워지고
누가 잊지 않고 가르쳐 준 것인가
바짓가랑이 적시며
한 동이 물을 길어 오는

저 부산한 길

수국

두 번씩이나 죽어 나갔다
꽃은 어떻게 우는가
나는

모종을 옮겨 심고
흙이 묻은 꽃삽을 씻어 말리며
몇 송이
탐스러운 꽃을 그려 보았는데

사랑을 곁에 두고도
사랑이 저무는 것을 모르는 것처럼
넘치거나 희박한
눈에 잘 띄지 않는

치사량의 무관심에 대해 생각한다

꽃은
긴박한 구조 신호를 보냈을 테지만
흙을 빌려
한참을 울었을 테지만

>

나는 애써 오는 봄날을 잃어버린

청맹과니였다

속초 1

사람이 붐비는 중앙시장
막걸리 술빵이나 감자 옹심이 한 그릇이면
바다든 설악이든
어느 쪽을 바라보나 푸근해진다
영랑호 벚꽃은 멀고
봄눈을 받아먹은 바닷물 아직 차가워도
알뿌리 하나 쥔 것처럼
세상의 등대로 오르는
백여덟 개 계단을 쉬이 오를 수 있다
저 먼 부산에서 고성까지 이어지는
해파랑길 말고도
골목골목에 숨은 사잇길이 많다
자꾸 그 길 속으로
고요히 스며들고 싶어지는 것만으로도
안색이 밝아진다
무얼 마중하는 일이 서툴기만 한 내가
오늘은 떠오르는 해를 마중하고
그간의 잘못을 누누이 타이른다
바다든 설악이든
어느 쪽을 등지나 푸근해진 내가

네 귀가 낡은 수첩에
'이번 생의 맨 처음처럼'이라고 쓴다

숲에 드는 일

뻐꾸기 운다
무덤 위 잔디씨 까맣게 익어 가고
때죽나무 흰 꽃이 떨어진다
새끼 독사 한 마리 스르륵 사라진 길
싸리꽃이 제법이다
갈팡질팡하는 것들이 없다
누가 오거나 말거나
그 자리를 그대로 지키고 있다
달관하지 않고서는 이렇게 차분할 수 없다
한 식구인 듯 살아가는
이런 것들이
호객하는 양 나를 숲으로 데려온다
몇 겹 흘러내리는 그늘을 입고
살랑거리는 바람을 맞으며
숲에 드는 일
갓 지은 봉분도 이웃처럼 지나치게 되는
순한 걸음 속에는
나무와 꽃과 짐승의 온기가 들어 있다
내 오랜 벗은
그 맛을 도저히 잊을 수 없는 건지

틈만 나면 산으로 내달리는데

그곳에 영혼을 두고

거푸집 같은 몸만 집으로 돌아오는지 모르겠다

여섯 뼘 정도

나는 여기서
부드러운 시심을 만나는 중이다
작은방 베란다를 확장하고 나서 가까워진
여섯 뼘 정도의 거리

빗방울의 투명한 속이 보인다
물까치가 날아와 눈을 맞춘다
길 건너 빌라 창문에는
새벽같이 택시를 타고 오는
고단한 여자의 꿈이 얼비치는 날도 있다
그 너머 길게 누운 숲에는
내가 찜해 둔 나무 한 그루

처음부터 있던 것들이
보지 않으면 보이지 않던 것들이
천연색 물감처럼 은근하게 배어 나온다

시를 쓴답시고
풍경에다 수없는 그물질을 해 댔지만
정작 어느 경계에서부터

내 시 속으로 들어오는 것인지 알 수 없었는데
딱 그만큼인가 보다

시의 울타리에
무딘 나를 점멸등으로 세워 놓는
여섯 뼘 정도

맨발 걷기

내 안의 묵은 화를 가라앉히듯
신발을 벗고
양말을 벗고

맨발이란
사방팔방 눈코 뜰 새 없이 바쁜 인간이
마지막에 쓰는 포기 각서처럼
서늘하기도 하여

하얀 발바닥으로 흙길을 걸어 보는 건
조곤조곤하게
낯선 나를 달래 보는 것

막걸리 주전자를 들고
논두렁길을 걸어가는 어린 내 모습이
떠오르는 듯도 하여

허기를 달래러 먼 길을 걸어가는
가난한 아프리카 부족처럼
낮게 더 낮게

모래알처럼 울어 보는 것

그렇게
오래전의 사람이 되어 보는 것

입춘 무렵

꽤 오래된 모임을 정리했다

봄은 다시 오는데
누구도 돌보지 않아서 폐선이 되어 버린
추억들마저 버리기로 했다

어느 해이던가
더러 혼자라는 쓸쓸함을 감추고자
몇몇이 의기투합해서
남들이 부러워하는 연대의 배 한 척을 띄웠다
우렁찬 뱃고동을 울리며
화기애애한 화엄의 바다를 꿈꾸었지만
세상을 소요하는 일은
의외로 품이 많이 들어가는 일이었다

풍향계가 고장 나고
섬 연안으로 표류하는 일이 잦더니
눈송이들이 펑펑 우는
매서운 겨울이 지나가고서도
끝내 봄 항구에 돌아오지 못했다

\>

사람들 사이에

조립품 같은 가난한 닻이 있다

속초 2

다 보았다고 돌아섰는데
다시 돌아보게 되는 바다가 그곳에 있어요
걷고 또 걸어도
새것처럼 간지럽게 밟히는 모래 해변에
내 발자국이 남지 않게
하얗게 쓸어 가는 파도는 어떻구요
동명항 방파제 끝 등대에 이르러서는
그간 후회하던 일들이
오래된 숙박부 같은 내 가슴에
아직 희미하게 남아 있다는 걸 깨우칩니다
더 나아가는 일과
물러나는 일 중
당장에 어느 것을 취하지 않아도 되는
오늘의 미결을 그냥 넘겨도 대수롭지 않고
어머니가 앓았는데
내가 대를 이어 앓고 있는 신경통 같은 것이
안개가 걷힌 것처럼
어느 순간 말끔하게 사라지는 곳입니다
그대로 살아가다 마음에 안 들면
아무 때나 혼자 뒤집으면 그만인 것이

인생이라는
후한 나의 태도는 어찌해야 할까요

귀가

그리운 사람들을 떠올리며
세상이 날 잊어도
이젠 슬프기야 할 것까지 있겠느냐 싶은
그런 날의 저녁

아파트 현관 옆에
며칠째 그대로 세워져 있는 지팡이 하나가
치매를 앓는 3층 노인의 것만 같아
자꾸 눈에 밟힌다

여러 날 볕이 희미하게 기우는 사이
내가 모르는 어딘가에선
사랑이 생기고 뜻밖의 이별이 생긴다

언젠가 잠결에는
아파트를 휘감던 구급차 소리를 들었다
무너질 것은 무너지고
솟아날 것은 솟아난다

애쓰지 않고도 그럭저럭 살아지는

이 무난함이 두려워진다
그럼에도 하루를 견디는 힘으로
선물 상자처럼 환하게 불빛이 켜지는
창들을 바라보며
철 지난 나에게 돌아오는 길

신경통

몸 구석구석에 쫙 퍼진 신경들이
모두 내 머리통에 모여서
몇 날 며칠 열띤 토론을 하고 있다
날 선 말들이 오가고
내가 살아온 내력에 비리라도 있는 양
아니면 말고 식으로
찔러보고 싶은 대로 다 찔러보고
우격다짐으로 멱살을 잡기도 한다
주기적으로 정회 시간이 있는 것인지
한동안 잠잠하다가
다시 냄비처럼 뜨거워진다
회의장 같은 내 머리통에서 벌어지는
이 이상한 전국구 토론에
가족력을 연관시켜 보지만
의사는 상관이 없다고 단정한다
나는 토론의 열기를 진정시키느라
이 약 저 약을 먹어 보고
머리에 아이스 팩을 올려놓기도 하는데
꼬챙이처럼 날카로운 신경들이
내 영혼을 갈기갈기 찢어 놓는 밤중이면

아내 몰래 우는 때가 있다
짐짓 생이별을 예감하는 때가 있다

산수유꽃을 보려거든

아직 꽃이 덜 피어 볼 것 하나 없다고
투덜대고 지나가던 사람의 머리에서
산수유꽃이 떨어졌다
빠른 걸음으로 고샅길을 오르던 그 사람은
밤잠을 설치며
노란 꽃망울을 밀어 올린 산수유나무의
부르튼 입술을 보지 못했다
온몸에서 일어나는 각질도 보지 못했다
찰칵찰칵 풍경을 오려 내는 사람들을 곁눈질하며
돌멩이를 차고 내려오던 그 사람은
아삭거리는 햇살이 올라앉은 돌담
폐가의 음습한 울타리에서 피워 올리는
꽃등의 밝은 심지를 보지 못했다
한 덩이 구름 같은 꽃그늘
산수유주 한 잔에 고단한 삶을 내려놓고
정처 없이 떠다니던 할아버지의 할아버지
겨드랑이에 돋친 노란 날개를 보지 못했다
입심 좋은 타령 한 곡조
굽이굽이 고개 넘어 바람처럼 날려가고
흥에 겨워 무릎장단 칠 때마다

봄기운을 주체하지 못하고 뿌리째 들어 올리는
산수유나무의 까치발을 보지 못했다

오월

이미 죽은 사람도
몇 번 더 죽는 고초를 겪어야 하는
죄송한 이 세상의 골목으로
새들은 비명을 물고 달아나고
거리에 이팝나무 꽃들은
최루가스를 뒤집어쓴 듯 하얗게 피었습니다

아픈 것도 없이
하루하루 살아가는 일에 진심인 나는
어느 계절 속을 지나온 것인지
내 안에서
평화로운 음악이 흘러나옵니다

삶도 죽음도
꽃들이 한바탕 오고 가듯
순하고 자연스럽게 오가는 일이라니
어디선가 크고 넓은 마음이 와서
모든 걸 너그럽게 감싸안아 줄 듯도 한데

떠난 사람 떠나고

남겨진 이들에겐 아직 상처 깊지만

그해 오월엔

쓸 수 없었던 아름다운 문장을 생각합니다

죽음의 문턱에서 살아남은

당신을 생각합니다

관계

사람이 사람을 만나
조금씩 머무르고 싶어진다는 거

저마다의 노래와
저마다의 푸름으로 살아가는 나무들처럼
한데 어울려 숲이 된다는 거

함께 밥을 먹는 저녁이
생기를 불어넣는다는 생각이 들 때
다소곳이 몸을 기울여
귀를 열어 둔다는 거

우리에게 남은 봄은 얼마나 될까
애써 묻지 않고도
어딘가에서 물방울처럼 둥그레진 일
주거니 받거니

저녁 하늘에 스미는 작은 새처럼
안부가 궁금해진다는 거

\>

구부정한 키를 맞추면서

살아갈 날을 조금씩 섞어 간다는 거

즐거운 동화

사진발에 낚인 것 같았다는
이국의 낡은 숙소
화장실 문을 열자
세면대 물구멍으로 쓰윽 사라진 도마뱀의 출몰을
아내에게 말하지 않았다는 얘기나
허름한 거리에서 사 오는 숯불구이 생선
혹은 협죽도 붉은 꽃이 핀 정원의
그늘 해먹에 누워 먹고 논다는
어른이 쓰는 동화 한 편을 읽고 나니
마음이 구름처럼 층층이 가벼워집니다
생활의 어긋난 구도 위에
지붕 한 채 올리고 살다 보면
미루나무 한 그루 같은 권태를 이기지 못해
밀주의 유혹을 느끼지만
다만 그렇다고 느낄 뿐이지만
덕분에 그곳에 갑니다
에라 모르겠다 막 피어 버린 봄꽃처럼
나머지 모든 달의
무더위와 비와 끈적한 습기를 견뎌 낼 수 있는 그곳
계절이 모두 같은 생각으로 오고 가는
황금빛 사원의 땅으로

추모 공원

마침내 종착지다

차갑게 굳은 손을
그냥 놓아 줄 수밖에 없는

나는 여기까지 엄마를, 엄마보다 세 해 먼저 누나를 배웅
하고 돌아와 사는 일이 더 은근해졌다

누구나 건너가는
그래서
종종 보이지 않아 실수를 연발하는
이쪽과 저쪽의 경계

죽도록 살아 본 일이 없는 내가
알 턱이 없는

그 낮은 턱을 덜커덩 넘어가는 순간을 알 수 있느냐고
한 구만큼 더 커진 어둠이
애처로운 듯 묻는

한 철 왔다 간

아침 산책을 하면서
공원의 나무들 그늘을 지나다가
뭔가 잊은 게 있는 것 같아 떠올려 보니
매미 소리렷다

문중 잔치를 치르듯 한솥밥을 내어
왁자하게 두레 밥상을 차리던 그것들이
하루아침에 종적을 감췄다
거스를 수 없는 힘에 밀려
내가 모르는 곳으로 집단이주라도 한 것인가
이렇게 사라지는 슬픔도 있다던가

더러 내 청춘의 절창 같기도 한
매미 소리는
제 울음을 제 손으로 받아 내는
고독한 생의 마지막 의식이 아닐까

적막이라는 말이 끓어 넘칠 때
그 반대편에는
이만하면 살 만큼 살았다는 듯

일생을 화르르 태워 버리는 매미가 있다

여름을 선물로 받은 내가
쌀자루나 지폐 몇 장 들려 준 것도 없는데
매미들이 절절히 토해 놓고 간
울음의 씨앗
시나브로 가을이 받아 심는 중이다

제4부 단 하나뿐인 붉디붉은 목숨

잎사귀가 물들다

내 시보다
더 은유로 빛나는 잎사귀들이
있는 힘껏
물이 들고 있다

후생을 준비하는 자세가 저리 가파르다

이 별에는 아직도
놀면서도
부끄러워 않는 나 같은 사람이 있다

하지만
그 누구 하나
꾸짖거나
무릎을 꿇리는 걸 본 적이 없다

사시사철 바쁘게 돌아가는
이 별에서
나는 관심 밖으로 밀려난 기분이 든다

대봉감

가을이 닿는 대로
다시 아름다운 일을 생각한다
벗이 택배로 부친 대봉감 서른다섯 알
며칠 어두운 내 몸을 일으켜 세우는
이 크고 붉은 것을
나는 어떻게 받아 들어야 하나
입에 풀칠 하는데 한 생을 다 써린
내 시린 손바닥에 쥐여 주는 손난로 같고
그가 징역을 사는 중에
편지 한 장 안 넣어 주어 섭섭했다며
은근히 나무라는 것도 같다
그해 오월
혁명까지는 아니어도
세상을 조금이라도 바꾸어 보겠다던
그의 결기처럼
비바람 치는 허공을 꿋꿋하게 걸어온
이 뜨거운 꽃송이들
어찌할 수 없이 다른 길을 가야 했던
신산한 골목 어디선가
그날의 만남을 기억하고

그날의 아픔을 되뇌며
눈빛 맑은 청년으로 살았을 터이니
나 오늘은
오랜 반가움 쪽으로
서른다섯 개의 등불을 밝혀
희미한 삼정골의 저녁을 흘려보낸다
황혼으로 가는 행간에서
내가 진심으로 가닿지 못한
미안하고 미안한 일들을 생각한다

운을 부르는 일이란

해바라기 몇 송이가
파란 하늘을 배경으로 활짝 웃고 있는 그림을
현관 맞은편 눈높이에 걸었다
아내가 나에게 청을 한 것인데
미안한 일도 있고 해서
며칠 동안 끙끙거리며 그랬다
해바라기는 해바라기다
웃으면 복이 온다고 했으니
누가 봐도 운을 부르는 형상이다
현관을 드나들 때마다
처음 본 듯 반갑게 인사를 나눌 것인데
이제 운에 기대어 사는 모양새가 되었다
운이란 게 부른다고
강아지처럼 반갑게 달려오는 것도 아니고
맹그로브숲 반딧불이처럼 날아오는 것도 아닐 것이다
부적 같은 걸 품은 일도 없고
하다못해 사주 관상도 본 일이 없으나
해바라기는 믿고 싶어진다
어딘가 운이 살고 있는데
내가 불러 주길 기다리고 있다는 것

생각만 해도 가슴이 벅찬 일이다

해바라기는 해바라기다

생의 정면과 당당하게 맞짱을 뜨는 혈기를

이제는 내려놓게 된 즈음이다

울어라 기타여

시도 때도 없이 기타 치며 노래 부르는 소리에 괴로워 죽
겠다는 쪽지 한 장이 엘리베이터 안에 붙은 그날 나는 기타
치는 걸 그만두었다 나 말고도 또 다른 사람이 있지 않나 싶
었지만 다수 중 한 명을 지목한 그가 나만 같아서 기타 반
주에 맞춰 근사하게 노래 한 곡을 뽑고 싶던 내 희망 사항을
아예 접었다 나는 짐작한다 그 사인펜 글씨체를 본 적은 없
지만 그게 여자의 것이고 그 여자는 우울증이 있다는 이웃
집 여자라는 것을 무료한 시간을 현에 올려놓고 고양이 울
음처럼 숨을 죽이며 음과 음이 마음대로 뛰놀 수 없을 만큼
달래 왔는데 그게 괴로웠다니 아, 그녀의 마른 가슴에는 얼
마나 많은 사금파리가 버석거리고 있다는 것인가 간혹 아
이들이 부는 하모니카나 리코더 소리도 거슬렸을 게 뻔하
니 참 가혹한 일이긴 하다 시비를 가리는 일이 영영 싫은 나
는 으악새처럼 노래가 마려우나 기타여 미안하다 청춘을 추
억해 보려고 너를 가까이했으나 그것마저 어려운 세상이다

그때 그녀

소문난 낙지 맛집
벽과 천장에 빼곡하게 쓰인
다녀간 이들의 이름들을 보고 있다가
그 난장의 바닥에서
우연히 발견한 이름 하나
그러니까
숫눈 위에
내 발자국으로 꾹꾹 눌러서 썼던
스무 살 적 그리움
이름 속에는 무슨 씨앗이 들어 있어
이렇게도 꽃 피우는 걸까
옛날은 거절을 모르고
부르면 언제나 오는 것이어서
내 청춘 어디쯤
따뜻한 국밥 한 그릇으로 남아
나를 데우던
가난한 밤의 혀끝에 맴돌던
불멸의 맛 하나

망각의 강

한 사람 건너서
댓잎처럼 푸른 그가 아프다는 소식을 들었다
넉 달 전 봄부터 아팠다니
꽃 피는 봄이
어떻게 그의 몸과 마음을 지나갔으랴
그곳에 이르렀다는
비수 같은 처방문 한 장을 손에 쥐고
억장이 무너지다가
아니 이게 이럴 수 있냐고
누구라도 붙잡고 따져 묻고 싶었을 텐데
단단한 뼈로 지켜 낸 시간들이
한순간 진창에 빠져들 때
사람들은 어느 신전 앞에 엎드리는 걸까
그가 이 세상에 남긴 시들이
이제는 비문이 되어
눈발이 펄펄 날리는 겨울 해변이든
소나무 한 그루 우뚝 선 산마루든
자신도 모르게 훨훨 날아다닐 것이니
삶은 어찌 이다지 무심하고 차가운 것일까
그러나 시인이여,

모든 길이 같은 길은 아니다
늙은 어머니가 내준 막걸리 한 사발 달게 마시듯
시를 용서하고
꽃이 피고 새가 우는 일을 용서하시라
식구들 둘러앉아 밥 먹는 일처럼
꿋꿋하게 살아 내시라

칸나

뒤늦게나마

이제야 겨우 글을 쓸 수 있다는
그대가 노트북에 끌려
도서관이나 스터디 카페로 유랑을 다니며
손목이 너덜너덜해지도록
슬프고 아름다운 이야기를 지어낼 때

아프다 아프다 하는 것들
엄살에 불과하고

검푸른 파도가 넘실거리는 해안 초소
소총을 든 이마 새파란 초병의
애인 같은 그대가
누구에게도 기죽는 일 없이
오로지 자신 앞에 두 무릎을 꿇어 가며
국지성 호우 같은 문장들을
몸 밖으로 밀어낼 때

꽃봉오리가 비틀린 나는

피할 틈도 없는 문장들을 읽으며
시름시름 노랗게 말라 죽는 꿈속에서
다시 살아온 것만 같고

쓰고 싶은 이야길 평생 못 쓰다 죽겠다는
그대는 아주 환한 통증
제철도 없이 피고 지는
꽃길 백 리*

이 지상에 왔다 가는
단 하나뿐인 붉디붉은 목숨을 쓰고 있는 거지

* 이규리 시에서 빌림.

오랜 선회

그녀의 말을 그대로 빌리자면
하루에도 세 번은
낯선 새들에게
'이 그림은 제가 그렸어요'라고 고백을 한다는데
경주 남산 한적한 솔수펑이를 걷다가
드디어 마음이 가는 대로
붓끝을 놀릴 수 있게 되어
『이야기할 譙연』* 같은 그림을 낳았는지 몰라
오랜 선회를 끝내고
마침내 자기 나무를 찾아 내려앉는 새처럼
조용히 그녀의 세계를 찾아가고 있는지 몰라
기우제를 지내는 인디언 여자처럼
왜 울음이 많냐고 그녀에게 물은 적도 있지만
마른 품에서 타로 카드를 꺼내
우리의 미래를 들여다볼 때
그녀는 이미 그림을 통해
야박하고 인정머리 없는 생을 관통하고 있었던 거지
앞문으로 나가는 길만이 길은 아닐 것이다
가둥고 싶은 곳이 있다면
홀로 뒷문으로 돌아가는 길도 길이어서

그 길 여명처럼 밝아 오는데
그림을 그리다 보면
어느덧 옷자락에 생긴 얼룩이
무심한 사람의 동선처럼 보인다는 그녀는
이제 몸에 마음을 정착시키고
변방의 한쪽에서 애써 그림으로 울고 있다

* 김효경 작가의 산문 화집.

생각을 담는 집

잎 떨군 나뭇가지들 사이로
겨울 하늘 눈이 시리다
축복인지 고통인지 아직은 알 수 없는
은퇴라는 선물을 받았지만
못 견디게 외로울 때가 있을 것이라고
암묵적으로
그렇게 성사된 우리들의 만남
노을빛을 감춘 사내 다섯이
찻잔을 앞에 두고
어느새 색이 바랜 지난 세월과 인연들을
조곤조곤 꺼내 매듭을 엮는다
살아간다는
당연한 그 말에 방점을 찍다 보면
혼자서는 살 수 없다는 생각이 든다
무심결에 뒤돌아보았는데
누가 거기 있어 주어 고맙다는 생각이 든다
이렇게 만나다 보면
말간 창호지로 문풍지를 새로 바른 듯
외풍도 좀 잦아들겠다 싶은
새로 지은 인연

아궁이처럼 컴컴한 시간 속에서
따뜻한 햇살의 숨소리가 들린다

목적어

사랑이나
건강이나
행복 따위 같은
목적어를 위해 살지 않지만
나무들은 변함없이 나무인 그대로다
눈보라가 쳐도
이겨 내려 맞서는 것이 아니라
순순히 제 몸을 맡긴다
조바심이나
안달이나
그 어떤 강박도 없다
나는 슬픔을 알게 된 이후
목적어들을 신주처럼 모시고 살고 있다
오늘만 해도 그렇다
추위가 몇 겹으로 오는 한겨울
꽁꽁 싸매고
눈 덮인 산에 가는 걸 보면
여생을 위해
스스로 회초리를 들이대는 것인데
나무들은

세상으로 향한 모든 등을 끄고
돌아선 채
무념무상이다

변명

단풍이 드는 시월인데
진달래꽃 한 송이
산등성이에 자책하듯 피어 있습니다
지나가는 계절에도 뒷문이 있는 걸까요
교복 단추를 풀어 헤치고
옆구리에 가방을 낀 채
헐레벌떡 달려오던 지각생처럼
무슨 변명이든 준비했겠지요

당신도 나도
사는 데는 늘 늦은 감이 있는
꽃이라면 꽃이지만
마땅히 가야 할 길을 놓친 건 아닙니다
이젠 쓸쓸한 하산 길인데
그때 콩깍지가 씌었었다느니
철석같이 믿고 산 게 잘못이었다느니
그런 변명은 하지 말아요

앞으로도 영영 하지 말아요

기억의 갈피에 옛집이 있어

1

목수였던 아버지가
바람벽이 허술한 초가 오두막집을 허물고
작은집인 어머니에게
평생 단 한 번의 호의로 지어주었다는
방 세 칸짜리 옛집
붉은 벽돌을 쌓고
알록달록 예쁜 신식 타일을 붙여 놓았더니
근방 사람들이 모두 구경을 왔다가
집 한 채를
두 눈에 송두리째 담아 갔다지
그러나 넓은 처마 그늘을 뒤집어 보면
허리가 휘어질 만큼 빚만 남아
오래오래
빚 설거지를 시키느라
어머니를 헛가게로 내몰던 옛집

2

간판도 없는 밥집인데
맛깔스러운 어머니 손맛에

면 서기들이 제비처럼 분주히 드나들었지
눈 퍼붓는 겨울날이면
아랫목에서 허리를 지지거나
짬짬이 화투도 치면서
온종일 사람 사는 온기가 들끓었지
'온돌집'이라고
간판 내걸어서 제대로 장사해 보라며
등을 떠밀던 이도 있었는데
한때는 건장한 월급쟁이 총각 몇을
하숙생으로 받아들여서
생활의 둘레가 제법 커 보였으니
주름 깊어지던 어머니
가난뱅이라고
애비도 없이 자식만 딸린 과부라고
붉으락푸르락 괄시받을 일 없었지

3
어느 가을날
홍시를 따러 기와지붕 위에 올라가서 보면
골목과 올망졸망한 집들이 다 내려다보였지

멀리 지서 사이렌 탑도

손에 잡힐 듯 가까워

수탉 볏 같은 기개가 뭉실뭉실 피어올라

학교도 못 다니고 있는 처지에

나도 면서기쯤은 돼 봐야지 하는

사내다운 큰 포부를 품고는 했지

잊지 않고 찾아오는

아니 찾아와야만 하는 오일장이면

새벽같이 저잣거리 헛가게 연탄불을 피우면서

제발 나를 좀 밀어내 다오

제발 제발

나를 좀 도망가게 해 다오

애걸복걸 사정하며 빌기도 했었는데

끝내는 나도, 누이도, 어머니도

다 밀어낸 옛집

4

어른거리는 담 너머

수돗가엔 물기 한 점 없이 말라 있네

살이 에이게 추운 날

아버지 장례를 치르고 돌아와

"느그 애비도 불쌍한 사람이다."

그 한마디 뱉어 내곤

큰 바위처럼 묵묵부답이던 어머니가

짚수세미로 하염없이 항아리를 닦던 그곳

이곳에 살던 다른 노친도

아들 집에 살러 간 것인지

요양원에나 들어간 건지

대문을 닫아건 채

곡기를 끊고 그냥 반편이 되어 가는 옛집

되돌릴 수 없는 시간 속

내가 기르던 토끼 열네 마리도

어머니가 돼지머리를 삶던 가마솥도

희미한 기억 속으로 실려 가네

뚱딴지꽃

꽃 속에
귀에 못이 박히던
지청구가 들어 있습니다

철 들어라
제발 철 좀 들어서
뚱딴지같은 짓 하지 말고 네 앞가림이나 잘해라

노랗게 애간장이 끓어
흔한 나비 한 마리 날아들지 않던
뒤란의 저 꽃

얼마나 많은 꽃을 품어야
사람은 사람 노릇을 하는 걸까요

뭐라도 돼 보려던 내가
끝내 엄마를 먹으며 살았습니다

정중동靜中動

날마다 가만히 있는 게 무료해서
나는 일을 만든다
종종 일 같지 않은 일을 만든다
설거지하다 컵을 깨뜨리거나
복숭아 무른 살을 가죽 소파에 떨어뜨리거나
싱크대 문짝 모서리에 머리를 찧으면서
스스로 감당해야 할 일을 만든다
그걸 생활이라고 한다
몇 년째 창고에 처박혀 있던 자전거를
당근 마켓에 헐값으로 넘겨
지폐 몇 장 건지는 그럴싸한 일도 있지만
생활은 늘 좌판에 가깝다
보는 대로 보이고 만지는 대로 만져진다
근사한 비밀이 있을 리 없다
언젠가는 생활의 눈망울이 보고 싶어
간 수치를 천장이 뚫린 듯 밀어 올렸더니
더 큰 일이 되고 말았다
그렇다고 등 뒤에 서서
물끄러미 바라보고만 있을 수 없어서
풀잎 위를 기어가는 달팽이처럼

생활의 속내를 염탐해 가고 있다
아내에게 일머리가 없다는 핀잔을 들어 가면서
나를 요긴하게 쓰고 있다

딱따구리

그저 살아서
제 한 몸
감내해야 할 수고라는 듯
막막한 생계에 기댄
고깃집 아르바이트 시급 같은
저 직설법
살얼음이 낀 허공의 밥상
사방으로 튀는

아, 밥풀들이여

발 문

푸른 생生을 함께 건너가는

김연종(시인)

사람이 사람을 만나
조금씩 머무르고 싶어진다는 거

저마다의 노래와
저마다의 푸름으로 살아가는 나무들처럼
한데 어울려 숲이 된다는 거

—「관계」부분

시의 첫발을 내딛고 문학의 보폭을 넓혀 갈 즈음 지역 문
학 모임에서 안태현 시인을 만났다. 본디 살갑지 못한 내 성
격에 붙임성마저 부족한 터라 데면데면한 시간이 한동안 지
속되었다. 속 깊은 대화를 나눈 것은 오랜 시간이 흐르고 나
서였다. '푸름하나'라는 그의 닉네임은 강직하고 빈틈없는
성품을 그대로 대변하는 것 같았다. 그는 학생들을 가르치

129

는 교사였고 나는 환자를 보살피는 동네 의사였다.

우리는 '뚝탁'이라는 간이주점에서 자주 만났다. 인근의 지역 문인들도 함께였는데 모두 늦은 나이에 글을 쓴다는 공통점이 있었다. 늦깎이 도반들과 나눈 열정적인 문학에의 향유, 그렇게 늦게 배운 도둑질이 문학이라면 우리는 누구보다도 더 혹독한 문청의 시절을 함께 겪은 것이리라. 그역시도 그 시절을 한때의 위안이 아니라 삶의 축복이었으며 그 시간은 마치 가슴 한구석 뭉클하게 자리 잡은 구름 같고 따뜻하게 피어나는 봄꽃 같다고 회상하였다.

나는 그를 평교사 시절에 만났는데 승진에 승진을 거듭하면서 여러 도시를 옮겨 다녔고 어쩔 수 없이 우리의 만남도 뜸해졌다. 하지만 "저마다의 푸름으로 살아가는 나무들"이었다가 문우들의 출간 기념이나 문학 행사가 있을 때는 "한데 어울려 숲이" 되기도 하였는데, 그 역시 원거리를 마다하지 않고 달려와 상록수 한 그루처럼 숲의 일부가 되었다. 서로의 삶을 어루만지던 그 시절에 맺은 끈끈한 정이 없었다면 쉽지 않은 일이다.

그는 2년 전 정년퇴직을 했다. 정신적 생장이 멈출 것 같은 시기지만 그는 정년퇴직 후에도 꾸준히 시작을 이어 간 것인지 네 번째 시집의 발문을 부탁했다. 나는 한사코 손사래를 쳤다. 깜냥도 안 되지만, 그보다는 명망 있는 평론가의 해설을 곁들여 당당하게 문단의 호평을 받았으면 하는 바람이 있었기 때문이다. 그는 내 의견을 무시하고 원고를 보내왔다. 깊고 푸른 사유와 둔중한 울림을 주는 시어들로 행간이 묵직하다.

비파나무 한 그루와 이름 모를 붉은 꽃과 동박새를 보고 온 날의 맑음을 책갈피에 꽂는다

바당이며 드르팟에서 아직도 뛰놀고 있을 어린 넋들도 돌 담에 내려앉는 햇살에 어리신다

귤밭에 노니는 하얀 나비 두 마리가 허공에 그리는 곡선 이 자취도 없이 파란 하늘에 스며든다

빈집이 있는 마을에도 새집은 들어서고 오늘은 승객 하나 없는 시내버스가 음악 속에 있다

누군가 흰밥 속에서 불러 밥상 앞에 앉으니 나 몰래 나를 사랑한 아침이 사이좋은 부부처럼 마주 앉는다
　　　　　　　　　—「아침은 어떤 평화 속에」전문

시집의 표제작이자 맨 앞에 자리 잡은 걸로 보아 시집의 정서를 관통하고 시심을 대변하는 시로 봐도 무방할 것 같다. 40여 년 교직 생활을 마무리하고 그가 처음 선택한 것은 평소 로망처럼 간직해 온 제주 한 달살이였다.

노마드 기질이 있는 그는 2017년 발간한 여행 산문집『피

아노가 된 여행자』에서도 "제주 우도를 시작으로 걷기 여행을 시작한 지 벌써 8년째다. 그 사이 여덟 살을 더 먹었고 여덟 해를 설렘과 기대 속에서 살았다. 사진을 정리하면서 세월을 거스를 수 없다는 것을 다시 한번 느꼈다. 그러나 나는 젊음 대신에 자연의 오묘한 맛을 감별할 수 있는 새로운 미각을 얻었다. 비바람과 눈보라를 맞으면서 내가 살아 있음에 감사하고 건강한 일상으로 돌아올 수 있어서 기뻤다."라고 소회를 밝히고 있다. 그의 제주 사랑 역사가 얼마나 오래되었는지 미루어 짐작이 간다.

"비파나무 한 그루와 이름 모를 붉은 꽃과 동박새를 보고 온 날의 맑음을 책갈피에 꽂는" 심정으로 "나 몰래 나를 사랑한 아침"처럼 제주 곳곳을 누비며 가슴 속에 묻어 두었던 방랑의 기질을 유감없이 펼친다.

저 끝
헐렁하게 한 바퀴 돌아오는
시간의 곳간

…(중략)…

살림이라는 것이
고작
쪼잔하고 소소한 일로
때론 씨알도 안 먹히는 고집으로

상처 난 것들이 적잖은데

삼삼하다
살아온 날들을 겹치듯
걸음 속에 당신 그림자로 숨었다

푸른 것이 와서
더 푸른 것으로 물들어 간다

—「한라산 둘레길」 부분

올레길이라는 신조어까지 탄생시키며 온 나라에 걷기 열풍을 불러일으켰던 제주 둘레길. 그는 제주 올레길을 회상하며 "길 위에 서면 나는 바람이 되고 나무가 되고 빗방울이 된다. 세상의 무늬를 꼼꼼하게 읽으며 살아가는 모든 것들의 아픔을 껴안는다. 길은 내 몸속으로 흘러 들어와서 내 몸 밖으로 흘러 나간다. 나는 풍경의 일부가 되어 길과 함께 느리게 흘러간다. 그리고 가끔 벼락처럼 시詩가 찾아오기도 한다"라고 술회한 바 있다.

고단한 인생은 "쪼잔하고 소소한 일로/ 때론 씨알도 안 먹히는 고집"일 뿐, 지금, 이 순간까지도 이어진다. 아무리 생각해도 "푸른 것이 와서/ 더 푸른 것으로 물들어" 간 지난날이 기적만 같다.

누구도 하루의 맺음을 말하지 않았지만 동굴의 어둠은

아파하려고 피는 동백처럼 한사코 피었다가 졌다 막사발 얕
은 물빛에 어룽대는 남자 여섯, 여자 셋, 아이 하나의 그림
자도 피었다가 졌다 그날의 공기는 겨울 철새의 날갯짓처럼
쇠잔했고 불티 하나가 꺼지지 않은 채 동굴 밖으로 빠져나
가는 걸 가장 예민한 그도 보지 못했다 예감이었을까 그는
생시를 보듯 까마귀가 우는 들판을 피를 흘리며 달리는 꿈
을 꾸었다 더운 속으로 부질없이 날짜를 짚어 보았다 아버
지 기일이 코앞이었다 순간, 바람에 실려 온 사향인가 싶었
는데 마을을 떠돌던 독한 피비린내가 풍겨 왔다 여기저기
서 비명이 찢어졌다 환한 대낮의 기억들이 연기와 함께 밀
봉되고 있었다

— 「다랑쉬굴의 비가悲歌」 부분

다랑쉬굴은 제주 4 · 3 유적지다. 1948년 12월 18일 하도
리, 종달리 주민 11명이 피신해 살다가 굴이 발각되어 집단
으로 희생당한 곳이다. 역사의 주체로 살았지만 늘 역사에
대한 부채 의식을 가지고 있는 그가 아픈 역사의 현장을 그
냥 지나치기는 힘들었을 터. 현기영 소설 『순이 삼촌』 이후
한동안 문학적 관심에서 멀어졌던 4 · 3 유적지가 요즘 핫플
레이스로 떠올랐다. 노벨문학상을 수상한 한강의 소설 『작
별하지 않는다』로 다시 주목을 받고 있는 것이다.

제주살이를 마감하고 서울 근교에서 조용하게 지내던 시
인에게 천붕의 슬픔이 닥쳤다. 효심 지극한 그는 "짧은 사이

에/ 여느 때와 다른 처지가 되었다.// 어머니를 여의고/ 큰
슬픔이란 말도 알게 되었다.// 시는 멀고/ 나는 고작 생활
에 머물다 보니/ 그런 것들이/ 심상을 지배하게 되었다.//
낮이 뜨겁다"라고 당시의 심정을 고백했다.

곁잠에 취해
순해질 대로 순해진 당신을
요양원 침대에 눕혀 두고
당신과 나 사이 오고 간
붉거나 푸르던 일을 생각하네

…(중략)…

풀물이 들도록
저무는 뒷동산 풀밭에 나란히 앉아
나쁜 내 아버지 욕이나
실컷 해 주었으면 싶은데
돌무더기가 쌓인 듯
간신히 한쪽 눈도 못 뜨는 당신
그 어두운 눈 그림자 속에
막걸리 한 잔
국수 한 그릇을 말아 놓았으니
나는 수굿이 엎드려 달게 먹네
당신 들으라고

일부러 후룩후룩 소리를 내며 먹네

—「풀물이 들 때쯤」부분

　생의 추가 기울어진 어머니를 요양원에 모시고 그동안 어머니가 살아온 가난과 아픔을 반추한다. "풀물이 들도록/ 저무는 뒷동산 풀밭에 나란히 앉아/ 나쁜 내 아버지 욕이나/ 실컷 해 주었으면" 하는 심정으로 어머니를 위로해 보지만 어머니는 한쪽 눈도 못 뜰 정도로 쇠잔해진 상태다. 어두운 눈 그림자 속에서 가난했던 어린 시절, 헛가게를 하던 당시의 기억을 떠올린다. 아들을 위해 "막걸리 한 잔/ 국수 한 그릇을 말아" 놓은 어머니의 심정을 헤아려 "일부러 후룩후룩 소리를 내며" 술과 음식을 먹는 늙은 아들의 효심이 슬프게 아름답다.

육십 년도 더 되었다는
외지의 구닥다리 이발소에서
이발하던 날

수전증이 있는 생면부지의 늙은 이발사가 혁대에 쓱쓱
날을 세운 면도칼을
내 목과 턱에 대고
듬성듬성한 수염을 미는 동안

…(중략)…

그래도 아직은 내 목숨을 맡겨도 될 만한 사람들이 이
땅에 많이 남아 있다는 가벼운 안도감에

팔약근이 헤프게 풀린 봄날을 안고 걸었다

정수리에 꽂히듯
봄 꿩이 우는 환한 길이었다

—「봄날」부분

생의 연륜과 느긋함이 묻어나는 봄날이다. 근대화 이후
중요한 생활 근린 시설이었던 이발소는 생의 애환이나 슬픔
이 은은히 깃든 곳이다. 남성들만 상대했던 그곳에서 생면
부지의 수전증이 있는 이발사가 머리를 다듬는 생각만 해도
온몸이 오싹하다. "혁대에 쓱쓱 날을 세운 면도칼을/ 내 목
과 턱에 대고/ 듬성듬성한 수염을 미는 동안" 온갖 상념이
떠다닐 것이다. 가랑잎 같은 숨을 쉬며 "자라 목보다 더 움
츠러"들다가도 "아직은 내 목숨을 맡겨도 될 만한 사람들이
이 땅에 많이 남아 있다는 가벼운 안도감"마저 느낀다. 일
상에서 우러나는 풍경은 봄날의 햇빛처럼 여유가 넘친다.

기실 시인을 평생 무탈하게 살아온 교직자로, 아름다운
서정을 노래하는 시인으로만 보는 것은 곤란하다. 그에게
는 응어리진 가족사와 누구도 생각지 못한 아픔과 아무도
풀지 못할 상처가 내재해 있다. 나도 가난과 병마를 결핍의

모토로 글을 쓴 적 있지만 그의 고통과는 애당초 비교 불가
능하다. 그의 세 번째 시집 『최근에도 나는 사람이다』에 실
린 시를 읽으면 가슴께가 뜨뜻해진다. 시를 읽을 때마다 열
여섯 살 소년이 내 안에 포개진다.

열여섯 나의 첫 직장은 영등포 양평동 로터리 인근의 지
하다방, 바람 한 점 들지 않고 햇빛 한 점 살지 않는 적멸보
궁이었네. 밤의 귀퉁이를 꾹 누르면 취객이 하나씩 걸어 나
오는 자정의 밤거리로 배달 나간 레지 누나는 감감무소식이
었네. 탑돌이를 하다가 종이봉투처럼 접혀서 수족관이 머
릴 기대고 있으면 이력이 붙어가는 나의 객지살이가 습한
쪽에 웅크리고 앉아 있었네. 잠결인가 싶었는데 '안 군君'이
내준 쌍화차 노른자처럼 보름달이 예쁘더라며 차 보자기를
풀던 누나의 입가에는 보일 듯 말 듯 봉숭아 꽃물이 배어 있
었네. '이런 곳에 있으면 안 돼' 하고 타이르는 것 같던, 정
이 주린 마음의 골짜기에 훈풍이 불어오는 것 같던 '안 군君'
이라는 말, 그 말은 어떤 운명 앞에 풋내가 가신 나를 홀로
세워 놓은 듯했네. 무슨 연유인지는 몰라도 음모가 무성해
지고 성대가 굵어지며 내가 나를 찾아 헤매고 있다는 생각
이 들었네. 뽀얀 알 같기도 했던 그 말을 품고 있으면, 거리
는 활기차고 바람과 햇빛이 가득했네. 불상도 없는 석굴에
서 간간이 홀어머니의 음성이 들려왔네

—「안 군君아, —석굴암 지하다방 1」

(『최근에도 나는 사람이다』 전문

'김 양'이 시대의 아픔을 상징하는 보통명사처럼 사용되던 시기의 '안 군君'. 이 시에 대해서는 말을 하면 할수록 군더더기가 된다. 한 번 읽으면 말이 사라지고, 두 번 읽으면 온 핏줄에 슬픔이 흐른다. 가만히 눈을 감고 외롭고 높고 쓸쓸한 열여섯 소년의 비애와 미래를 상상해 본다. "뽀얀 알 같기도 했던 그 말을 품고" 활기찬 바람과 햇빛 가득한 거리를 활보하는 소년의 마음을, 자식 걱정에 절어 있는 홀어머니의 애끓는 심정을.

감춘 것 하나 없이
돌의 뿌리까지 죄다 드러냈다
바다로 흘러가던 기억마저
북어처럼 바짝 말랐다

…(중략)…

갈증은 끝없이 깊어지고
눈썹은 길어진다
작은딸이 애지중지하던 고양이가
고양이별로 돌아갔다는
기별을 들었는데
마음이 시리도록 바라봐 주는
이 오래된 바닥을
몇십 년 만의 가뭄이라고들 한다
—「건천」 부분

세상이 가물어 바닥을 드러낸 건천을 바라본다. 비가 내리면 건천은 사라지겠지만, 마음속 가뭄은 결코 사라지지 않는다. "갈증은 끝없이 깊어지고/ 눈썹은 길어진다" 세상을 촉촉이 적셔 줄 단비 같은 소식은 언제쯤 도래할까. 가르치는 일에 익숙한 그는 늘 세상을 한 발짝씩 앞서서 걷는다.

그의 오랜 벗이자 화가인 박영대 교수는 『피아노가 된 여행자』 발문에서 "그는 내게 공자의 앞모습으로 와서 노자의 뒷모습으로 사라진다"라고 했다. 하지만 내 눈에는 공자의 제자인 자로처럼 수탉의 꼬리를 머리에 꽂고 산돼지 가죽으로 만든 주머니를 허리에 차고 다니는 철학자의 모습으로 비친다.

시도 때도 없이 기타 치며 노래 부르는 소리에 괴로워 죽
겠다는 쪽지 한 장이 엘리베이터 안에 붙은 그날 나는 기타
치는 걸 그만두었다 나 말고도 또 다른 사람이 있지 않나 싶
었지만 다수 중 한 명을 지목한 그가 나만 같아서 기타 반
주에 맞춰 근사하게 노래 한 곡을 뽑고 싶던 내 희망 사항
을 아예 접었다 나는 짐작한다 그 사인펜 글씨체를 본 적은
없지만 그게 여자의 것이고 그 여자는 우울증이 있다는 이
웃집 여자라는 것을

—「울어라 기타여」 부분

그의 타고난 예술적 감각은 술 한잔이 들어가면 더 돋올해진다. 중저음의 목소리로 노래하면서 춤을 추는데 그의

나긋나긋한 손사위는 가히 환상적이다. 아내를 위해 그렸다는 해바라기 그림에서 고흐의 붓질을 발견한다. 이러한 시인이 기타 치며 노래 부르는 즐거움을 접은 연유가 애달프다. 기타 소리까지 용인하기 힘든 각박한 세태를 탓해 어쩔 것인가. 쪽지를 붙인 여자는 우울증까지 앓고 있다는데. 난 그저 시인의 끼가 아까울 따름이다.

까마득한 날이 오긴 올까 싶었는데
마침내 그날이 와서
아이들을 처음 만났던 섬마을 풍금 소리를
다시 떠올려보는 밤이다

꼬박 마흔 해 동안
나름대로 대단한 일을 한 것 같으나
따지고 보면
내 파이를 어떻게 더 크게 키울까
더하거나 곱하는 일에 골몰했다

…(중략)…

모처럼 나에게 아주 가까이 있으나
오래된 벽시계를 떼어 낸 자리처럼 허전하다
마지막 출구라 생각했는데
울타리 하나 없는

빈 들판의 입구에 다시 서 있다

—「굴레를 벗고」부분

  그는 황조근정훈장을 받았다. 교육자로서 받을 수 있는
최고 등급의 훈장이다. 시간으로 환산하면 40년이요, 물리
적 공간으로 따지면 전남 신안 자은도에서 휴전선 아래 경
기 연천까지 이어지는 장장한 거리다. 총성은 없었어도 하
루의 삼 분의 일을 쏟아부어서 매일 아이들과 싸웠으며 출
퇴근에 머리를 조아렸으며 때로는 동료들과 술자리에서 야
합하며 기나긴 시간을 보낸 것에 대한 보상이라고 자위하면
서도, 과연 훈장을 받을 자격이 있는지 스스로 돌아봄과 동
시에 아, 이제 끝이 난 것이구나 하는 현타가 왔다고 고백
한 적이 있다. 정년퇴임은 "오래된 벽시계를 떼어 낸 자리처
럼 허전"할 뿐이다. 오래된 굴레를 벗어났다고 생각했는데
"울타리 하나 없는/ 빈 들판의 입구에 다시 서"는 것이리라.

  언젠가 슬라보예 지젝에 관한 영상을 본 적이 있다. 열정
적으로 인터뷰에 응하는 장면이 매우 인상적이었다. 몇 사
람의 패널이 중구난방으로 던진 말 중에 '건강한 광기'라는
대목에 귀가 솔깃했다.
  아, 건강한 광기라니!
  내가 좋아하는 '광기'라는 단어에 '건강한'이라는 단어를
앞에 붙이니 더욱 낯설고도 매력적인 느낌이었다. 그 말은
늘 마음에 품고 있는 불광불급不狂不及과 일맥상통하지 않

은가 말이다.

시인과 함께했던 시절이 떠오른다. 사랑방처럼 드나들
었던 주점에서 문우들과 어울리던 그 시절. 현장에서 흙 묻
은 워커발로 달려오기도 하고, 학교에서 수업을 마치자마
자 혹은 저녁 식사를 준비하다 말고 달려오기도 했다. 나도
병원 문을 닫기가 무섭게 합류했다. 그 시절 함께한 모든
사람이 아름다웠다.

깊은 겨울의 깊은 밤은 회상하기 좋은 시간이다. 그의 첫
시집을 펼친다. 시집 첫 장에는 정성스러운 붓글씨로 이렇
게 적혀 있다. '푸른 生을 함께 건너가는 ○○께'.

> 피가 맑아서 편지를 쓴다
> 미안하다 당신의 방에 어울리는
> 바다와 꽃과 돌담길을 두고 왔다
>
> …(중략)…
>
> 열다섯 살 무채색 같은
> 당신의 극락강역도 건드렸다
> 매일 눈을 뜨고 살지만
> 어제 만난 사람을 오늘 잊고 지낸다
> ──「시인에게」(『이달의 신간』) 부분

그가 나를 염두에 두고 쓴 시라고 생각된다. 그에게 확인

한 것은 아니지만 내 첫 시집이 『극락강역』이었으니 그리 생각해도 틀리지는 않을 것이다. 극락강역을 배회하던 "열다섯 살 무채색" 같던 소년도 "열여섯 나의 첫 직장은 영등포 양평동 로터리 인근의 지하다방"이었던 가출 소년도 어느덧 이순의 중반에 접어들었다.

이제는 각자의 문학 여정을 향해 길을 가고 있지만 우리가 함께했던 그 시절을 떠올리는 눈빛은 아직도 형형하다. 그때 우리는 문학에 미쳤지. 그런 시절은 또다시 오지 않을 거야. 그동안 우리가 나누었던 대화와 술들이 모두 시가 되어 몸속을 흘러 다니는 것 같다. 그러다가 문득, 다시는 오지 않을 '건강한 광기'의 시간이 그리워진다. 우리는 여전히 푸른 生을 함께 건너가고 있는 중이다.